달에 꽃피다

달에 꽃피다

김월숙 시집

도서출판 계간문예

| 시인의 말 |

충청남도 금산군 요광리에
일천 살[歲] 넘은 은행나무 계십니다.
천 년을 이어오며 그늘과 즐거움을 주고
때로는 시심詩心도 주어 빛나는 시
은행나무 옆 행정헌杏亭軒에 걸려 있습니다.
두 번째 시집을 준비하며 요광리의 은행나무를 생각합니다.

이제, 제 안에 있던 그리움
눈을 틔워 잎을 달고 세상으로 나옵니다.
읽는 이의 마음 안에서 잘 자라기 바랍니다.

그리움은 마음의 빛이라 생각합니다.
제게 마음의 빛 주신 분들께 감사드리며
더 많은 사람과 나누겠습니다.

| 차례 |

1부

그리움 일고

잊어버린 기억

너를 찾으러
한 번도 가 본 적 없는 길 위를 더듬고 있었다.
햇살조차 날이 서
온통 머리 위로만 쏟아지던 오월의 그날
타박타박 소리만 지치게 따라오고
네 이름은 그만 어지럼증이 되었다.
한 굽이만 돌아서면
너를 찾을지도 모른다고
가쁜 숨을 몰아쉬던 순간

너를 잊어 버렸다.
찔레꽃 흐드러진 모퉁이
찔레꽃 향기만 아득했다.

초승달 돋으면

카랑카랑한 바람이 노을을 거두자
옹알이 하는 아가의 젖니처럼
초사흘 달 반짝 솟았다.
손 안에 폭 담기는 사느란 꿈
한눈 한 번 팔면 사라져 버릴까
명주실 꼬아
양이두羊耳頭* 빈 하늘에 묶어 두면
동짓달 긴 긴 밤
슬기덩 슬기둥
가슴 싸—한 노래 들릴 것 같아.
놓고 싶지 않은 인연 그대로 머물 것 같아.

---

* 양이두洋耳頭 : 가야금 줄을 걸도록 고안된 공명통의 머리 부분.

춘곤 春困

믿을 것 하나 없으면서
버티기 한판 중이다.

그냥 눈 감아 버리면 좋을 걸
그냥 손 놓아 버리면 좋을 걸

툭 지는 목련
봄빛 술렁이는 한낮

달에 꽃피다

그리움 꽂히면
어디서나 꽃이 피는가.

산란散亂산란散亂
겹겹이 그려지는 얼굴

황금빛 심지에
열두 장 꽃잎으로 피었네.

유월 열닷새 둥그런 달 속
그대 숨결 오지게 뜨겁네.

다시 사랑하고 싶다

벤자민을 좋아하는 건 내가 아니다.
십 년을 옆에 두고도 간간이 물만 주었을 뿐이다.
여름이 되기도 전 잎새 뒤에 붙은 하얀 털을
무심하게 지나치는 사이
솜털깍지벌레는 구름 같은 집을 지어
밤마다 반짝이는 정액을 뿌려놓았다.

남의 사랑을 가로채는 것은 참으로 힘겨운 일이다.
그의 그림자를 지우고 나의 숨결을 불어넣어야 한다.
수프라사이드*로 기억을 마비시키고
폭포수로 흔적을 지우고
맥주로 한 잎 한 잎 아픈 마음을 어루만져 주는 밤
너도 취하고 나도 취하면 너의 사랑 다시 빛날 수
있을까?

창밖의 보름달이 먼저 붉어지고 있다.

---

* 수프라사이드 : 독성이 강한 살충제.

가을이 오는 아침에

목덜미 간질이며 흐르는 바람에
두근두근 가슴 팔딱이는 아침
여름내 참매미 뜨겁게 울던 고목 빙빙 돌아
잉크 빛 나팔꽃 그리운 이름으로 피었다.

오랜 시간 닳아 뭉툭해진 펜일망정
잊혀진 시간 갈피갈피 헤집고
입술 언저리에 꽃물도 찍어가며
설레는 가을 알리고 싶다.

보고 싶다

길을 걷다가
모퉁이를 돌아서다가
문득, 숨이 멈춘다.
보고 싶은 당신, 걸어오는 것만 같기에

은행잎 툭툭 지는 날
빨간 홍시 그림보다 더 아름다운 날
울컥, 속울음 터진다.
그 속에 당신, 가슴 저리게 웃고 있기에

당신은 지금

붉게 빛나던 열매
허망하게 참으로 허망하게 지던 날
당신께서
세상의 붉은빛 모두 거두신 줄 알았습니다.

빛 한 점 묻어나지 않던
기인 겨울
뜨거운 울음만 삼켰습니다.
다시는 아름다운 세상 볼 수 없을 것만 같았습니다.

봄이 되자
지난해 머물던 그 자리마다
붉은 웃음 점점이
살랑 살랑거립니다.

당신이 머물던 자리마다
새로이 만드는 인연 참으로 분주합니다.
당신은 지금,
어느 자리에 무슨 꽃으로 피어나십니까?

칠월 칠석에

매캐한 모깃불 실처럼 풀어지던 그날
쏟아질 듯 출렁이던 별 사이 사이
당신의 손끝을 좇아
보이지 않는 견우 직녀 밤이 새도록 찾았습니다.
당신은 별이 되고
전설 속의 까마귀도 매캐한 모깃불도 사라진 오늘

그리움 씨줄로 삼고
간절함 날줄로 세워
하늘과 땅 거미줄 같은 다리 하나 있는다면
눈물방울 보석처럼 매단 거미줄 같은 사랑
밤새워 짠다면
이 밤이 새기 전 당신과 만날 수 있을까요?

바다를 떠난 비치파라솔

고단한 세상에
비치파라솔 꽃처럼 피었다
젊은이들은 꿈 찾아 도시로 떠나고
주름진 고랑마다 지나간 꿈 간직한 노인들만
꼬무락꼬무락 움직이는 들녘
해변의 낭만으로 피던 꽃들이
너른 고추밭에
매운 콩밭에
쭈그리고 앉아 설움 메는 노인들을
나팔꽃처럼 위로하고 있다.
뜨거운 햇살,
안쓰러운 시선을 막아주며
노인네 등처럼 소금기 절어 시들해진
적막한 흑백 사진 위
아직도 남은 꿈 아스라이 무지개로 떴다.

사랑

어젠 보이지 않았다.
아무것도

어둠이 한 겹 옷을 벗자
회화나무 새잎을 내건다.

간지럼처럼 다가온 봄
오늘 아침
단단한 껍질을 벗었다.

새조개를 먹으며

날고픈 꿈이
혀 속에 녹아드는 것일까?

겨울 찬바람 속을 달려온
너의 첫 입맞춤
가슴 짜릿하게 밀려들던 너의 혀

보드라운 육질을
단단한 껍데기 속에 감추고
이름만으로 하늘을 날아보려던 너는

오늘,
내 안에서 날갯짓한다.
쎄 빠지도록* 쎄 빠지도록

날고픈 꿈
어깻바람에 실려 덩실덩실 떠오른다.

---

* 쎄 빠지도록 : 혀가 빠질 정도로 힘들다는 의미의 전라도 방언.

은사시나무를 보며

뒤집지 않으면
반짝일 수 없는 것

흔들거나 흔들려야
바꾸거나 바뀌어야

반짝이며
빛날 수 있는 것

바람이 불 적마다
흔들리는 그리움

뒤척이는 순간마다
팔랑거리는 빛 빛 빛

호랑가시나무 사랑

어딘가에 당신이 있어
이 세상은 빛이 납니다.

바람결에 숨어 있던
우리만의 문자文字 숨죽이며 읽어 가다

눈도 귀도 다 감기고
날 선 그리움만 가시로 남았습니다.

당신의 모습 볼 수 없어도
당신의 소리 들을 수 없어도

더 향기롭게 피어
더 붉게 익어가는 것은

어딘가에 당신이 있어
세상이 빛나기 때문입니다.

2부

꽃은 피어나고

목련

볼을 한껏 부풀린 채
숨을 참고 있다.

바람이 흔들면
까르르 터질 것 같은

열서너 살 계집애의
북극성 닮은 꿈

속 빈 개나리

송송 빈 줄기마다
헤픈 웃음 주절주절 달고
바다 건너 날아온 누런 모래바람
온몸으로 견디고 있다.
치장도 없이
속도 없이 웃다가
제풀에 취해 통째로 지는 넋
도망치지도 못하고
선 자리가 진 자리 되어
소복하게 쌓인다.
누-런 꽃탑 아래 사리 반짝 빛난다.

톡톡 튀는 봄

잔치를 앞둔 고향집 마당에는 동네 아지매들의 발
걸음이 비 실은 바람처럼 쉭쉭거리고
왁자한 웃음소리 들기름내처럼 고소하게 피어올라
동구 밖부터 가슴이 달았다.

벌겋게 익은 얼굴마다 단내가 나고 커다란 가마솥
에선 조팝꽃이 하얗게 벌어졌다.
톡톡 톡톡톡 그 흥겨운 꽃잎 소복이 쌓이면 꼬맹
이들은 뜨거운 꽃송이를 한 줌씩 쥐고 달음박질쳤다.
입술마다 웃음꽃 달고

꽃으로 수놓은 산자*를 바구니에 차곡차곡 담으며
몰래 몰래 눈물을 훔치던 할머니
잘 살어야 혀 잘 살어야 혀 꽃처럼 이쁘게 푸지게
살아야 혀

---

* 산자(饊子/糤子) : 찹쌀가루를 반죽하여 납작하게 만들어 말린
   것을 기름에 튀기고 꿀을 바른 후 그 앞뒤에 튀긴 밥풀이나
   깨를 붙여 만든 유밀과의 하나.

할머니의 쪼그라진 입에서도 조팝꽃이 드문드문 피어나고 있었다.

하얀 봄이 톡톡 튀고 있다. 입안에 한 줌 털어 넣으면 좋을 조팝꽃이

살구꽃 피는 날

살구꽃 막 피어나는 나무 아래
도토리묵 파는 할머니 웅크리고 앉아 있다.

도토리묵이 이천 원
지리산 도토리묵 진짜 도토리묵이 이천 원

지리산 어느 골짝 구부러진 갈참나무 등걸처럼
할머니의 손가락 마디마디 툭툭 불거졌다.

살구꽃잎 분홍으로 수줍게 물들고
주머니 속 이천 원 막 나오려는데

진짜 도토리묵이 이천 원
오리지날* 도토리묵이 이천 원

아 지리산에도

---

* 오리지날(original) : 복제, 각색, 모조품 따위에 대하여, 그것들
을 낳게 한 최초의 작품. '독창적', '원본'.

가리지날**이 있나 보구나.

설레던 살구꽃 누렇게 이울고
황사 바람 할머니 가슴으로 밀려든다.

** 가리지날 : 가짜라는 은어. 오리지날에 대비하여 쓰임.

민들레

산자락에 숨어 있던 민들레 씨앗
바람 한 자락 타고
골짝을 돌아
사람 사는 세상 기웃거리다
발자국 드문 곳에 소리도 없이 내려앉는다.
산바람 한 두레* 싸하게 훑고
소다 넣은 밀가루 반죽처럼 부글부글 일더니
바늘 같은 잎날 콕 콕 콕 찔러댄다.

며칠을 잠 못 들어
흐물흐물
햇볕에 기대어 깜빡 졸던 나
환하게 웃는 민들레와 만난다.
바짝 정신이 깬다.

____

* 두레 : 둥근 켜로 된 덩어리를 세는 단위.

얼레지꽃

얼레지 꽃을 보러 어느 시인이 꼭꼭 숨겨 놓았다
는 길을 찾아 오릅니다.
원추리 새싹 뾰족뾰족 고개 내밀고
봄낮을 씻는 골짝물에 복숭아꽃잎 춤추듯 가는 봄
날입니다.
오리나무 단풍나무 상수리나무 다들 새잎 반짝이
며 알은체 하는데
얼레지꽃은 그 모습 보이지 않습니다.
고개 뒤에 숨은 화암사 찾을 때까지

마음의 그늘을 읽었을까
우화루 오래된 풍경이 시선을 내립니다.
그제야 숨어 있던 얼레지꽃 한 송이 수줍은 듯 파
르르 떱니다.
눈뜨고 졸던 목어 열없이 얼굴 붉히고 봄은 얼레
지 꽃잎처럼 뚝뚝 집니다.
내려 오는 길
봄을 비운 얼레지 산기슭에 가득합니다.
바람결 따라 흔들리는 몸짓이 참으로 가볍습니다.

산당화 지는 날

산당화로 울타리 돌린 딸그마니네 집은 언제나 적막했다.
항상 꼴망태를 메고 다니던 할아버지의 호통 소리에
아무도 산당화 그 고운 빛을 넘보지 않았다.
정갈한 비질 자국 선명한 마당에
까만 고무신 가지런한 토방에
감나무 그림자 혼자서 바람에 흔들렸다.

산당화 봄마다 피었다 지고
순하디 순한 딸그마니 혼자서 등에 무거운 혹 하나 키웠다.
이름보다 슬픈,
시디신 산당화 열매로 외로움 삼키던 곱추
산당화 그늘 밑에서 숨죽인 울음 바르르 떨다
툭 스러졌다.

흰옷에 스민 초경처럼
그 붉은 입술 아프다.

탱자나무 그늘이 무섭다

시어머니 어려운 며느리는
시어머니 말소리에 놀라고
발자국 소리에도 놀라 번번이 그릇을 놓쳤다.
깨진 사발 조각을 표시 없이 치워야 하는 며느리는
일곱 살 난 딸에게 그 일을 시켰다.

신문지에 둘둘 만 사금파리
탱자나무 밑에 버리고 올 때면
탱자나무 가시 뒤통수 찌를 것만 같았다.
밝은 대낮에도 후다닥 뛰어가던 탱자나무길
고향을 떠날 때까지 탱자꽃 한 번도 핀 적이 없다.

눈감으면 스멀스멀 고향집 그리운 나이
봄나들이 나선 길에 탱자꽃 하얗다.
어린 날의 사금파리 조각처럼 빛나는 꽃잎
베일 것 같아 후딱 숨었다.
아직도 탱자나무 그늘이 무서운 일곱 살 계집애
가슴에 산다.

애도哀悼

봄을 잊어버렸습니다.
솜털 보송보송한 갯버들이며 연둣빛 꿈, 장다리 꽃
잎에 앉은 흰나비와
진달래 빛 설렘도 다 잊어버렸습니다.

봄이 떠나버린 뒤에사 팔랑팔랑 빛나던 봄을 찾으
러 길을 나섭니다.
무거운 초록만 축축 늘어진 길을 따라 타박타박
더디기만 한 걸음

파삭파삭 누렇게 마른 먼지 속을 헤매다 눈이 반
짝 뜨입니다.
산딸나무 가지 끝에 바르르 떨고 있는 무수한 흰
나비
봄날의 상장喪章

수덕사 설악초

세상은 온통 한증막인데
수덕사 앞에 하얀 눈이 소복이 쌓였다.
어느 것이 잎인지
어느 것이 꽃인지
구별하지 말자.
견성암* 비구니 닮은 설악초
슬픔도 환희도 모두 안았다.

---

* 견성암 : 수덕사의 말사로 비구니 도량.

백일홍百日紅

간질간질
간지러운 네 숨결에
온몸의 숨구멍이 열린다.

소리도 없이
그치지 않는
그리움의 언어言語

백 일百日이 지나도
첫날처럼 꼬이는
아직도 붉은 네 새살거림

호박꽃 핀 아침

별이 눈을 떴다.
사람의 눈길 드문 골짝에
쓰레기 무덤 위에

어둠을 견뎌내고
새로이 눈을 뜬 별
이제 막 태어난 아가의
꼭 쥔 주먹 같은 꿈 달렸다.

어둡던 세상
기쁨이 환하다.

연연蓮緣

꽃이 없어도 향 그윽하던 덕진 연못
꽃소식 한창이라고
연잎 스치고 온 바람이 전하기에
연 터지는 소리, 한 소식 들으러
새벽 속으로 달려간다.

부지런한 꽃들은 벌써 한 세상 열었고
처녀같이 수줍은 봉오리들은 바람을 모아 가슴을
잔뜩 부풀리고 있다.
눈에 불 켜고 꽃잎 터지는 소리 들으려 하는 것이
얼마나 어리석은 짓인지 해가 밝아서야 알 수 있다.
소리는 눈으로 들을 수 없다는 것을

꽃잎 열리는 동안
내 가슴 이리 뜨거운 것은
연緣이 닿아야 한 소식 들을 수 있음을
한 잎 한 잎
힘, 겹, 게, 보여주는 꽃잎 때문이다.

너를 탐하다

시디신 것이 먹고 싶던 젊은 여름
붉은 석류꽃 봉오리 앞에서 한참을 서 있었다.
고 귀엽고 앙증맞게 빛나는
봉오리 하나 갖고 싶어서

석류꽃 다시 핀 오늘
시간의 두툼한 겹도 잊은 채, 흰 머리칼도 잊은 채
벌건 대낮에 얼굴 붉히고 있다.
시디신 침 꿀꺽 삼키며

만주 벌판 해바라기

끝도 보이지 않는
만주 벌판 해바라기
백두산 그리워
날마다 깨금발로 서성이더니
온종일 햇불 밝히더니
까맣게 타는 속 씨알마저 굵다.

3부

바람이 불어

간월도看月島의 달

해가 지기 전에 달이 솟았다.

잘난 사내의 팔뚝보다 굵은 농어
표정도 없는
아낙의 칼끝에서
뻘건 피를 뿜어내고 있다.

아무렇지도 않게
살아 벌떡이는 아가미를 보며
살아 있는 살 점
소주 한 잔과 삼키는 저 잘난 것들

소금기 쩐 바람은
고개를 돌려
바다로 도망치는데
달은 어쩌자고 서둘러 솟아

비린내 나는 세상을 굽어보는 것인가

땅 끝에서

끝이라고 썼다가
시작이라고 바꾸어 보았습니다.

이별의 손 흔들다가
마중의 기쁨이라고 생각했습니다.

당신에게 가는 마음
거센 바람에 찢길까 걱정했지만

오히려 당신 가슴에
먼저 가 안겨 있음을 보았습니다.

땅 끝에선 무엇이나
바꿀 수 있어야 합니다.

끝은 시작으로
이별은 만남으로

명사십리에서

바윗돌이 돌멩이 되고
돌멩이 바스러져 십 리 모래 되기까지
얼마나 기인 기다림을 굴렸을까?

파도에 씻길 때마다
십 리 밖까지 들린다는 네 울음
밟힐 때마다 사각거리는 네 슬픔

시방 발밑에서 너는 부서지고 있는데
네 울음 소리 들리지 않는다.
바람 소리 파도 소리 내 그림자에 묻혀

두 눈 감아
바람을 지우고 파도도 지우고
내 그림자마저 지워

오로지 네 몸에 내 귀를
내 호흡을 맞추는 순간
네 울음 소리 비로소 들린다.

수억 년 굴려온 네 기다림
이제사 내 가슴에 들어
십 리를 벗어나도 사각거림 멈추지 않는다.

대천에서

썰물인 시각
소화되지 못한 것들 게워낸다.
바다 멀리 쓸려가리라

담아두고 싶지 않은 것들
꽥 꽥 꽥
한물 바다로 떠가리라.

후련해질 것 같은 마음으로 돌아서는데
파도 한 굽이 갈앉자
다시 돌아와 발밑에 부서진다.

더 추하게
더 부풀려

담고 싶지 않다고
뱉어낸다고 지워질 줄 알았느냐
끊임없이 내지르는 파도의 함성

소화되지 못한 것들
파도를 타고
어지럽게 출렁거리는데

스스로 안에 가두어 푹 삭을 때까지
기다려야 한다는 가르침
부표처럼 떠 있다.

보길도에서 꾸는 꿈

탈출을 꿈꾸며 바다를 건넌다.
누군가는
세상을 접으며 바다를 건넜겠지.

쉴 새 없이 지껄이는 동박새와
가슴으로 파고드는 바람은
귓속말로 전해온
수백 년 전 이야기를 풀어 놓고 있다.

알 수 없어 답답한 시간
세연정洗然停 아홉 칸 정중앙 마룻바닥에 숨겨두고
동박새 지껄임과 바람의 숨결에 귀 기울이면
거스르지 않는 마음결 지닐 수 있을까?

손가락 사이로 빠져나가는 모래알처럼
탈출의 꿈
시간 속으로 빠져나간다.

관촉사 석조 미륵보살입상 앞에서

관촉사 미륵보살님은 더 넓은 세상을 구제하시려 경계를 짓지 않으시나 봅니다.

더 크고 장엄한 모습으로 더 많은 중생을 구제하시고자 바람 한 점 없는 뜨거운 햇살 속에 서 계십니다. 젖먹이 어린아이의 소원도 들어 주시고, 아이 잃은 어미의 마음도 다독여 주시고, 저승길까지 안내하신다는 보살님 앞에서 삼 배를 올립니다.

보살님의 자비로운 눈길 한 번 받고자 무릎 꿇고 간절한 마음으로 기다려 봅니다. 보살님의 눈길은 멀리 멀리 머언 곳만 바라보고 계십니다. 보살님 발밑에서는 입가에 머문 미소도 온화한 눈매도 볼 수 없습니다. 무거운 욕심 버리고 마음의 키 높이면 보살님의 눈과 미소 만날 수 있을까요?

모두가 더 높고, 더 크고, 더 좋은 것을 꿈꾸는 세상에서 자꾸만 더 작아지는 저도 가슴에 안길 수 있고, 자비로움 느낄 수 있는 편안한 보살님이 그립습니다.

철 늦게 핀 작은 연꽃 한 송이 보살님 앞에서 웃고 있습니다. 어디서 가섭 존자도 웃고 있을까요?

채석강에서

수천 년 세월
켜켜이 쌓여
아무것도 가늠할 수 없습니다.

누군가는 여기서 글을 읽고
누군가는 삶을 보기도 한다는데
조심조심 더듬다가
바짝 타버린 숯덩이를 봅니다.

손가락에 침 발라가며
살짝 들추려니
바삭바삭 부서져 내립니다.
빛나던 시간 한 조각 사라져 버립니다.

어느새 알았는지
서슬 푸르게 거품 물고 달려오는 바다
가슴을 자꾸만 후려칩니다.

아무것도 가늠하지 못했지만
차마 뒤돌아볼 수 없습니다.

미소사*에서

국화향 찾아 나선 길에서 미소처럼 희미한 표지판
을 보았습니다.
입 벌리고 크게 웃을 일도 없는 답답한 시절에
작은 미소라도 만난다면 얼마나 다행일는지요.
이마에 땀방울이 맺히기 시작할 무렵
소나무 두 그루 낯익은 풍경으로 다가섭니다.
샛노란 국화보다 더 밝은 햇살이 따스하게 비치는
극락전 앞마당에
아무것도 걸치지 않은 황금회화나무
똥 눈 아이처럼 환하게 웃고 있습니다.
미소사 앞뜰의 마알간 바람 한 자락이면
극락전에 계신 부처님처럼 늙어갈 수 있을까요?

---

* 미소사 : 전북 고창에 있는 절.

모항해수욕장에서

바다는 허리를 둥글게 말아 옆으로 눕고
태양은 멈칫멈칫 딴전을 피운다.
하얀 파도는 꼬마놈들 가슴팍까지 파고들어
깔깔깔 자지러지게 웃는다.
바다에 와서도 일상에 붙잡힌 나는
설레임 하나 쭉쭉 빨아대며
단단한 갯벌에 오락가락 발도장만 찍고 있다.
갯벌도 권태로운 마흔 너머의 오후

슬픈 시

바람이 동백꽃봉오리 시샘하는 날
남농기념관의 나이 지긋하신 해설사
잘 보아야 한다고
똑바로 볼 줄 알아야 한다고
새는 발음으로 어려운 그림
침 튀기며 설명하시는데

총기 좋은 것들 쓱 훑어보고
다 아는 듯 딴전이고
망구望九라 불리는 할미만
앞에서 보다가
뒤로 물러
실눈으로 보다가

그림 속에 시가 있고
시 속에 그림이 있다며
주름 가득한 얼굴에 웃음꽃 피운다.
꽃샘 바람도 비켜가는

할미의 웃음
동백꽃만 뚝 뚝 슬픈 시로 남는다.

소쇄원에서

너에 대한 믿음
곤두박질치는 날
소쇄원으로 간다.

소소소 솔바람 소리
쇄쇄쇄 대바람 소리
광풍각 휘돌아
제월당에 닿으면
소쇄 소쇄 소쇄
수백 년 전 그대로 흐르는 소리

마음의 티끌 광풍에 날리고
말 못할 근심 시냇물에 띄우면
굽이굽이 흐르며
풀어지는 매듭
빗질한 듯 정갈해진 마음결

소쇄 소쇄 소쇄쇄

뒹굴다 보면
청량한 바람 소리 가슴에 인다.

휴가休暇 중인 바다

대천 앞바다에 휴가休暇가 있다.
어린아이부터 허리 휜 할머니까지
거추장스런 것들 다 벗어 버리고
검은 선글라스 하나로 적당히 가린 채
물과 뭍에 다리 하나씩 담그고
달콤한 시간의 눈금 하나씩 마시고 있다.

대천 앞바다는 휴가休暇가 없다.
시간의 눈금 다 지워 버린 사람들
갖은 욕설과 시비로 엉키고
폭죽과 사이렌 소리로 겁주고
술로 술술 풀어보자고 밤새도록 지화자를 외쳐댄다.
바다는 사람 냄새에 쩔어 눈을 뜨지 못한다.

휴가休暇 중이다.

지는 해를 보며

날마다 지는 해가 무슨 의미가 있을까마는
사람들은 지는 해를 보자고 산에 오른다.
줄서서 먹이를 나르는 개미처럼
허리를 꾸부리고 헉헉거리며

붉은 해는 바다를 향해 머뭇머뭇 발을 내밀고
노을은 먼저 몸을 풀어 바다를 감싼다.
불덩이 하나 푸른 바다에 풍덩 꺼질까 봐

깜빡,
가슴에서 펄떡이던 심장도
단전 아래 내려와 숨을 삼킨다.
며칠을 굶어도 배고프지 않겠다.

잠 못 드는 바다

물이 빠진 바다에
많은 사람이 몰려 든다.

사람들은
가슴에 숨겨둔 사랑을 아무렇지 않게 들쑤시고 파
헤치고 캐낸다.
육중한 굴삭기로 수천 년 세월을 푹푹 퍼내기도
한다.
자기밖에 모르는 사람들은
바다의 가슴이 무너져내리건 문드러지건 상관하지
않는다.
가슴을 더듬던 자잘한 손길
귓가에 맴도는 배고픈 투정
사랑을 품었던 상처마다 피가 고인다.
밤새 뒤척이던 바다는 푸른 눈물로 상처를 씻고
일렁이는 아침을 열어 새 생명을 품는다.

가슴이 퍼런 바다
밤새 잠들지 못했나 보다.

익산 고도리 석불입상의 독백

당신과 나 사이의 거리는
처음 그대로 200미터입니다.
당신의 귀밑을 스쳐온 바람이 나를 감싸고
당신의 얼굴을 씻어준 빗물이 내 발도 씻어주지만
당신을 마주한 시간만큼
당신과의 거리는 아득합니다.
당신의 옷자락이 닳아진 만큼
당신의 고독 위에 덧씌워진 이끼만큼
마음은 닳고, 그리움은 두터워졌습니다.
천 년 세월 무수한 소망들 피었다 지며
산과 내의 흐름조차 바꾸었지만
당신과 나 사이의 거리는
처음 그대로 200미터입니다.
이 목마름의 거리에서
당신을 닮은 모습으로 늙어갑니다. 쓸쓸히

백두산 천지에서

설화 속으로
숨겨진 신화를 찾으러 나섰습니다.

내 땅, 내 길 밟을 수 없어
남의 나라로 돌아
잃어버린 역사를 묻은 만주벌도 지나
근심으로 머리 희어진 산에 오릅니다.
앞을 가리는 안개
신화 언저리에는 항상 안개와 구름 겹겹이 둘러져
있지요.
해마저 삼켜버린 두꺼운 어둠 속
백두산 천지 푯돌 앞에서
눈물은 빗물로 흐르고 간절한 기도가 됩니다.
보여 주고 싶지 않은 천지의 속내를
그 오랜 그리움을 보여주세요. 제발

애타는 마음 더듬더듬 더듬어대자
살풋살풋 드러내는 가슴

한없이 신비롭고 아스라한 당신의 품에서
초유를 빨아대는 생명의 몸짓
환호성으로 활갯짓으로 눈물로 범벅이 됩니다.
태곳적 신비를 담은 푸른 물 속에
뜨겁게 끓어오르는 숨겨진 신화
이름이 바뀌거나 말거나
해가 뜨거나 말거나
사람이 보거나 말거나

안타까이 닫아버리는 당신의 가슴
신을 키우는 푸른 젖줄
백두대간으로 흘러 그 빛 그대로 백록담에 고입니다.

4부

아름다운 날

소원所願

정월 대보름달님께 소원을 빌러 나왔습니다.
천변에는 거무죽죽한 버드나무 줄지어서
답답한 마음 축축 늘어뜨리고 있습니다.

천강千江을 고루 비춘다는 달님,
 내 안의 소원도 그냥 건너지 마시고 들여다봐 주
신다면
올 한 해 태평하게 지낼 수도 있을 텐데요.

어둠을 밀어내며 둥근 달이 둥실 떠오릅니다.
잘 익은 노른자위처럼 탐스럽습니다.
소금 살살 뿌려 먹는다면 얼마나 맛날까요?

어머!
물 안에도 달님이 계십니다.
천강千江에 고루 계시는 달님이군요.

흐물흐물 움직이며 흐를 듯 흐를 듯 멈추신 달님

청군 이겨라 백군 이겨라 소리소리 질러 목이 잠긴 날
엄마가 주시던 날달걀 하나, 꼭 물속에 잠긴 달님입니다.

그냥 후루룩 들이키고 싶습니다.
올 한 해도 후루룩
시원하게 넘어갈 것 같습니다.

삼월

미친 줄 알았습니다.

누렇게 뜬
앞을 가늠할 수 없는
세상을 뜯어내다가
끝없이 흐르다가
하얗게 덮어 버리는 날
이게 뭔 일이다냐?

아무것도
볼 수 없을 것 같았습니다.

어지럽고 간지러워
비틀고 흔들어대다
눈물도 뿌리고
덮어 버리기도 했지만
오르는 열은 어찌할 수 없나 봅니다.

열여섯 얼굴에 솟아나는 뾰루지처럼
톡 톡 터지는 숨구멍
발그레하게 달아오르는 봄입니다.
환장하게 아름답습니다.

엄마 보러 가는 길

엄마 보러 가는 길
봄빛 나른한 오후입니다.

개나리 노랗게 종알거리고
앵두꽃 지지배처럼 속살거립니다.

봄바람 한 자락에 살구꽃가지
엄마의 나들이옷처럼 팔랑거립니다.

봄꽃 향기 엄마 품처럼 따스해
엄마 따라 한들한들 길을 나선 소풍날 같습니다.

가볍게 누르는 초인종 소리
점점 무거워지고

텅 빈 가슴에 철렁 내려앉는 고요
쉰 고개를 앞두고서도

엄마 모습 보이지 않으면
봄꽃 우르르 지는 슬픈 날입니다.

민달팽이 나를 따라 이사 오다

유기농 상추라고 조금 더 비싼 값을 치르자
민달팽이 한 마리 덤으로 따라왔다.
유리 상자에 상추 몇 잎 넣어주며 돌보다가
며칠 소홀했더니 어디론지 사라졌다.
잠시 가슴이 아리다가 아무렇지 않게 잊혀졌다.
어느 비 내리는 촉촉한 시간 베란다 화초 사이로
낯익은 달팽이 기어나왔다.
반갑고 미안해서 한참을 같이 놀았다.
습기 머금은 날마다 달팽이는 베란다에 은빛 그림
을 그렸다.

공간의 넓이가 행복의 척도는 결코 아닌데
방 세 칸에서 다섯 식구 살기 답답하다고
넓은 집으로 이사를 했다.

시간은 같은데 공간만 넓어졌다.
종종걸음으로 똑같은 하루를 바쁘게 채우며
행복은 결코 공간과 비례하지 않는다고 투덜거릴 때

집도 없는 달팽이

걸림 없이 따라와 새집이라고 느릿느릿 구경한다.

넓은 집 안에서 허비적거리는 내 모습 비웃는 것

만 같아.

저보다 더 느릿느릿 집 속에 갇혀

빛나는 그림 하나 제대로 그리지 못한다고

아침

누군가
부르고 있다.

기억조차 할 수 없는
머언 시간을 거슬러
근질거리는 꿈을 빗겨내고 있다.
맑은 바람소리다.
유년의 뜰을 막 건너온
엄마의 치맛자락에서 묻어나던

싸악 싸악 싸아악
대빗자루 소리 아침을 깨운다.

꽃도장

봄비 내리는 날
빵빵 긁어대던 카드는 정지되고
통장의 잔액은 0이다.

갑자기 살아온 날들이
꽃잎처럼 스러져
뻥뻥 뚫린 가슴 어지럽다.

눈물 뚝뚝 흘리는 벚꽃
질퍽거리는 바닥에 꾹꾹 도장을 찍는다.
소인消印으로 남는 화려하던 봄

빛나는 꽃눈물
어지러운 꽃도장
모두 0이 되어 가슴에 박힌다.

흔들리는 세상
발걸음 내디딜 수 없다.
나풀거리는 봄의 무게 견딜 수 없다.

입하立夏

다투어 피던 봄꽃
한바탕
시끌벅적
야단법석惹端法席 열더니

우우우雨雨雨

소리도 없이
떨어져 내린다.
여름 속으로

아리랑

윤도현*의 아리랑이 펄쩍펄쩍 뛰고 있다.
네 살 된 꼬마 녀석은 스프링같이
열여섯 가시나는 갯버들같이
기타 줄 위에서 하나로 얽힌다.

땀에 젖은 기타 줄 십 리 못 가 튕겨나고
마흔 넘은 아낙네 힘줄 땡겨 주저앉고
아리랑 고개에서 한숨을 쉰다.
아리랑 아리랑 아라리요.

윤도현의 아리랑은 펄쩍펄쩍 신이 나서
기타 줄 없이도 아리아리 넘어간다.
비바람 속에서도 스리스리 넘어간다.
잘도 잘도 넘어간다. 눈물 속으로 넘어간다.

* 윤도현 : 대한민국의 하드 록 음악가이자, 뮤지컬 배우.

연蓮

홍련암의 까치놀보다 붉은 연
덕진 못의 새벽 바람보다 부지런한 분홍빛 연을
보고도
청운사 흰 연 보러 가자고 보채는 남편에게
바쁜 년 붉은 연 봤으면 됐지 흰 연은 무슨 흰 연

잔뜩 쌓인 일거리 보여도 못 보는 눈치 없는 남편
붉은 연도 보고 흰 연도 보고 환한 연도 봐야지.
여기 화난 년 피었소.
허허! 화난 년 환한 연으로 보이네.

속없이 풀리는 년,
황금빛 연밥처럼 흔들리고 있네.

바다가 되는 집

바다에서 하루를 놀다
은빛 비늘 선명한 갈치를 사왔다.
감자를 숭숭 썰어 넣고 매콤한 갈치찌개 끓이려
넓은 바다에서 유유히 헤엄치던 지느러미 자르고
은빛 비늘 긁어내며 손질을 하는데
자꾸만 바닥으로 미끄러지는 갈치
이미 죽은 것인데도
자꾸만 살려는 몸부림 같아
한참을 망연히 바라보고 있다.
널브러진 갈치는
지금 깊은 바닷속에서 유영하던 꿈을 새기고 있나
보다.
집안 가득 밀려오는 푸른 바다

여름과 겨울 사이

비뚤어진 세상이 두려워
문을 닫고
눈을 감았습니다.
아무것도 들리지 않고
보이지 않았습니다.
세상은 그대로 멈춘 듯 보였습니다.

박제처럼 굳어가는 시간이 무서워
세상으로 나왔습니다.
짙푸르던 오만함도
뜨겁던 열기도 숨죽어
어느새 가을은
소리 없이 와서 머물다가 떠나고 있습니다.
비뚤어진 것은 세상이 아니라 닫힌 마음이었습니다.

가을바람에

한 잔 술에도 속 투명하게 보여주는 남자
삽상한 바람 안주로 맑은 이슬 처음처럼 마시고
속 훤하게 보여주며 잠이 들었다.

한 잔 술에도 발바닥 근질거리는 여자
서늘한 바람에 마음 내걸고
순수로 앉은 때 벗기다가 수줍게 물들었다.

반쯤 벌린 남자의 도톰한 입술
반쯤 흘린 여자의 치맛자락
가을 한자리에서 달큰하게 익어간다.

그림을 그리다가

석류를 그린다.

주황에 빨강과 자주를 섞고, 노랑과 초록도 간간이
섞어 석류 다섯 알 화폭 위에 적당히 올려놓는다.
모양새 갖추려고 나뭇가지 하나 걸어 두고 햇볕 한
줄기 바람 한 자락도 잊지 않았다.

툭 툭 갈라진 석류알 보며 흐뭇한 가을 즐기는데
여섯 살 된 용훈이 다가와
"어- 이모 그림 그리네."
"용훈아, 이거 무슨 그림이야?"
"양파!"
거침없는 여섯 살짜리 눈에 내 눈이 다시 터진다.
"어- 그렇구나! 이거 양파구나! 근데 이 가운데
구슬이 반짝이는 거는 석류야."
"어- 어? 근데 이거는 왜 구석에 있어?"
"어? 이거- 미운 말한 친구라 구석에 있대."
"이모, 이거 여기로 옮겨 줘."

여섯 살 눈엔 미움도 구도도 없다.

그저 모두 가까이 모여 정답게 사는 것이 좋은가
보다.

마우스로 구석에 있는 석류를 콕 찍어 옮길 수 있
다면

아니 구도를 잡는, 모양새를 먼저 생각하는 눈을
바꾸는 게 더 좋겠다.

따스한 눈으로 모두 안아줄 수 있는 용훈이의 순
수한 마음으로

이 가을 석류 다섯 알 다시 그릴 일이다.

편도선염 앓는 날

침을 삼켜도 아프고
말이 막혀도 아프다.
이비인후과에 가서
입을 아~ 벌리자 낯선 불빛 한 번 훑고 가더니
"말을 너무 많이 하는군요."

눈보다 입이 먼저 아침을 열어
고운 것보다 미운 것 먼저 말하고
삼키기보다 뱉어내기
돌아가기보다 질러가기 좋아하다
뜨거운 불덩이 삼킨 듯 활활 타오르는 오늘

물 한 모금 넘기기도
알약 한 알 넘기기도 이리 힘든 걸
숱한 말 생각 없이 쏟아 붙고
귀한 말 생각 없이 꿀꺽 삼키며
편도便道로만 다니다가 편도선염扁桃腺炎 앓는 거지.

미운 것보다 고운 것 먼저 보고
뱉기보다 머금기 오래하고
삼키기보다 곱씹기 많이 하고
질러가기보다 돌아가기 즐겨하면 좋으련만

물 한 모금 입에 물고 삼킬까 뱉을까 고민하는 날

감을 깎는 사내

머리 희끗희끗 반백이 된 사내 혼자 첫서리 맞아
더욱 고와진 감을 깎고 있다.

연둣빛으로 빛나던 오월과 달달한 젖빛 감꽃 후두
둑 지던 봄을 지나

소녀의 젖망울 같던 땡감 부풀어 오른 첫사랑을
거쳐

첫아이에게 물린 탱탱하던 마누라의 젖퉁이 같은
감을 뱅글뱅글 돌리고 있다.

가을의 맑은 햇살과 칼칼한 바람이 희롱하다 보면
같이 늙어가는 마누라의 흐물거리는 가슴이 되겠지.

떫던 풋사랑이 푹 삭아 다시 하얗게 꽃이 피면

달달하고 차지고 향기로운 속살이…

감을 깎던 사내의 야릇한 웃음이 홀딱 벗은 감 위
에 머문다.

내 중심은 새끼발가락이다

중심은 항상 가운데라 생각해왔다.
몸이 흔들리고
넘어져, 새끼발가락이 발갛게 부어오르기 전까지는

아무것도 아니라고 생각했던
하루에 한 번도 오롯이 마음에 담은 적 없던
하찮은 것이
나를 종일 붙잡고 있다.

절뚝절뚝 걸으며
기우뚱거리는 세상을 꼿꼿이 세워보려 애쓰지만
번번이 흔들리는 세상

마음은 온통 새끼발가락 끝에 모아져
퍼렇게 아리다.
지금 내 중심은 새끼발가락이다.

매직 아이(MAGICAL EYE)*

너무 멀리에서도
너무 가까이에서도 보지 마세요.
생각이 끼어들지 못하는 거리
딱 그 거리예요.
때로는 사팔뜨기라고
때로는 몽환자라고 오해받을 수도 있답니다.

처음엔 무채색으로 적막으로
살아 있다고 말할 수 없는
시간을 죽이는 작업 같지요.
이를 악물어도
두 눈에 힘을 주어도 소용없어요.

차라리
아무것도 보려하지 마세요.
아무것도 꿈꾸지 말고

---

* 매직 아이(MAGICAL EYE) : 입체적으로 볼 수 있는 평면 작품
을 일컫는 말로 정식 명칭은 스테레오그램(STEREOGRAM).

의미 없는 시간과
색깔 많은 공간을 잊어버리세요.

순간,
둥실 피어오르는 꽃
겹겹이 겹쳐진 꿈들이 살아날 거예요.
모든 것을 잊어버려야
찬연히 솟아오르는 세상이지요.

그래요.
우리가 사는 세상도
딱 그 거리에서
생각이란 놈을 지우고 바라보면
마술이 시작되는 아름다운 세상이 열리지요.

붕어빵 같은 날

바람 구멍 숭숭한 시간
노을 빛 술로
뒹구는 낙엽을 위로한다.
뿌옇게 빛나던 첫사랑도
뜨겁게 부딪치던 입맞춤도
혓바늘 하나 세우지 못하는
그저 그런 나이
가을 뒷자락에 취해 비틀거리는데
붕어빵 닮은 시간은
퍼런 가스불 위에서
바짝바짝 구워지고 있다.
줄서 기다리는 사람들
비슷한 양의 피곤과 무관심으로
푸석푸석 말라가고
찰진 겨울, 붕어빵 같은 날들 채비하고 있다.

범신적汎神的 경건성으로 구조된 감동의 영상
- 김월숙 시인의 시를 탐조探照하여

소재호 | 시인

　일반 시학詩學에서 시는 역사에 비해서는 보편적이고 철학에 비해서는 개별적이므로 보편적 진리를 구체적으로 표현할 수 있다고 주장한다. 그러나 진정한 의미에서 시는 이성적 진리를 전달하지 않으며 그 대신 독특한 직관적 상상적 진리를 표현하는 것으로 그 입장을 밝힌다. 이런 견지에서는 당연히 시를 생산하는 능력, 즉 상상력의 성질을 고찰하는 데 집중하게 된다. 18세기 이후 독일 철학자 바움가르텐부터 칸트의 〈비판적 비판〉을 거쳐 셸링이나 코울리지에 이르는 낭만파의 시론이 그것이다. 이 경향은 상징주의에 계승되어 많은 유산을 남겼다. 19세기에는 또한 신낭만주의가 새로운 유파로 파생된다. 주체적 정신 활동을 중히 여기는 구낭만주의에 비하여 주지성이 명확히 끼어든 낭만주의를 일컫는다. 독일에서는 니이체를 시조로 하여 게오르규 등이 이런 낭만주의 부활을 도모했다. 미국에서는 에드가알란포우의 신비주의, 프랑스에서는 보들레르의 상징주의, 영국에서는 피이터, 와일드의 예술지상주의藝術至上主義 및 유미주의唯美主義 등이 연쇄하여 일어났다. 여기서 신비주의에 대하여 췌사贅辭를 붙이자면, 신비주의는 외면적 의식儀式 또는 개념적인 논증을 배격하고 순수한 내면적인 직관으로 최고 실재를 직접 체험하려는 입장을 표방한다. 불가지不可知의 진리에 도달할 수 있다는 범신론에도 기운다. 워어즈워드, 브레이크 등이 이에 속한다.

한편 시학을 논하면서, 진부하기는 하지만, 아리스토텔레스의 언급을 빠뜨릴 수 없다. 아리스토텔레스는 플라톤이 말한 '이데아론'을 긍정하면서, 또한 형상形相은 사물 밖에, 사물을 넘어서 있는 초월적인 것이 아니라 사물 속에 있다고 주장한다. 그는 형상과 질료는 언제나 그리고 영원히 함께 있다고 말한다. 그러므로 우리의 감각을 통하여 경험하는 세계는 플라톤

주장대로 실재하는 세계의 단순한 그림자가 아니라 실재하는 세계 그 자체라는 것이다. 형상과 질료는 하나요, 따로 경험될 수 없다는 것이다. 사유思惟를 통해서만 그 둘을 분리할 수 있다고 했다. 시인들이 사물을 관찰하거나 조망하면서 감정이입感情移入이란 특별 인식 작용을 통해 사물과 대면하게 되는데, 실재의 세계나 사물에 오히려 시인의 시적 자아를 혼입混入시켜 더욱 품자稟姿를 갖춘 형상과 질료의 융합물을 이루게 한다. 그리하여 피사물 자연은 인격을 갖춘 당당한 시적 화자로 클로즈업되어 스스로 음유吟遊하는 것이다. 이때 시인은 이 사물의 정서적 대행자이거나 감성 방출의 통로가 되는 셈이다. 그리고 역시 사물의 본질이 지성적 이성으로 규명되거나, 냉철한 철리哲理로 사유되거나, 합리적 논리로 유추되는 경우를 완전히 배제한다. 사물의 실재나 인간의 실존이 시적 자아의 정서적 감성의 혼을 인입引入하고 시인의 심리, 심상, 감정, 정리情理 등과 융합하여 예술 창작의 형모形貌를 개전開展하는 것이다. 여기서 신의 개입은 완강히 배격된다. 시적 대상을 신의 섭리가 어떻게 간섭하여 예술적 창조물로 전생轉生시킬 수 있겠는가? 칸트가 말하길 신은 인간이 가질 수 있는 최고의 관념이라고 했다. 최소한 시는 관념의 대칭 자리에 존재한다. 더구나 시는 만물이 포괄되고 망라되는 절대적 관념이 아닌 것에서 출발한다. 차라리 인간의 인지 능력으로 감지되거나 감각되는 다양한 경험에서 동인動因을 얻어 가변적 변인變因의 단계를 지나 형상화된 실상이다.

시가 생성하는 처음 남상濫觴은 아주 작은 물 알갱이로 시작되지만 뒤에 어느덧 장대한 물줄기가 된다. 우리는 이 신성한 태동에 경외감을 품지 않을 수 없다. 시인의 눈에 비친 대상의 인상이, 그 대상의 개별적 실존이 시인의 감동심에 영접되어 홀홀 영혼의 심지를 꽂고 생명이 깃든 예술로 환생하게 된다. 대상 앞에 단독자였던 시인은 고도의 경건한 예술적 작업으로 만인 공명共鳴의 시를 생산해내는 것이다.

그리고 우리는 가끔 성공한 시의 우상성에 대하여 말한다. 우수한 시 한 편이 구조주의 찬평讚評을 거쳐 어느덧 우러름의 대상이 되어버린 경우이다. 시의 개성성이나, 개별성이나, 이질성이나, 특종의 인상으로 인하여 오히려 우상으로 대접받는 모양이다. 프랑스 철학자 프란시스베이컨은, 인간의 편견은 네 가지 우상에서 기인한다고 했는데, 동굴 우상, 시장 우상, 종족 우상, 극장 우상이라고 하며 이를 경계했다. 시에 있어서는 본래 시적 발상에서의 이미지와는 거리가 먼 곳에 이르러 다른 더 찬란한 이미지의 옷을 입는다. 비합리적, 비논리적, 또는 주제면에서 무가치한 결과물일지라도 예술적 감명에 흡족하게 도달했다면 이미 시의 우상성은 성공한 셈이다. 샤머니즘풍의 우상이 아니라 예술적 생리에 입각한 예술 우상이라면 이를 꺼릴 이유가 없는 것이다. 그리하여 이를 '건전한 우상'이라고 감히 표현하고 싶은 것이다.

아리스토텔레스의 주장에 상당히 비껴선 이론異論도 최근에 등장한다. 프랑스 사회학자 장보드리야즈가 하이퍼리얼리타라는 말을 한다. 사물의 원본도 사실성도 없어진 뒤 그 잔상의 변용된 이미지로만 형상된 실재를 이렇게 일렀다. 사람들은 허망하게도 이 변조된 형상을 만나게 된다는, 약간은 부정적 의미를 내포한 말이기도 하다. 그러나 시의 형상화를 이보다 더 근접한 거리에서 설명한 말은 다시 없을 성싶다. '변용'이란 용어는 철리를 논하는 데서나, 수학적 과학적 학문에 대입시키는 경우에서는 너무나 터무니없는 말이지만, 문학에서는 새로운 세계에로의 향입向入을 위한 '굴절'쯤으로 이해하면 좋을 것이다.

이제 김월숙 시인의 시 형질이나 시풍을 탐조해 보면서 도입의 단계에서 피력한 논지들을 원용해 보고자한다. 김 시인의 시는 낭만풍의 서정시가 주류를 이룬다. 그러나 범신적 자연관으로 표징되거나, 주지성의 개입을 허용한 신낭만주의 경향을 띠거나, 어떤 시는 철저히 쉬르리얼리즘의 구조를 갖춘 그런 시의 형상이 보인다. 그리고 그의 인생관으로부터 유래되었다 싶게, 인간에 대한 경건성, 진정성과 함께 인도주의를 표방하는 깃발이 힘차게 울을 넘어서 펄럭인다. 그리고 델리케이트한 여심이 심상 안에 혼곤히 배어 있다. 자연 물상들의 표상에 오버랩되는 것은 지난 적 잠재되었던 추억이나 인상적으로 마주쳤던 감동적 설화들이다. 더러는 연상으로, 더러는 상상으로 파장을 이어간다.

김 시인은 이렇게 그의 시적 대상과 더불어 경건히 삶을 경영한 것이다. 또한 김 시인의 경건한 인간 자세는 마음 깊이 우러르는 어머니에게서 유전되었을 성싶다. 최상의 관념이나 지고한 윤리적 담론을 폭포처럼 쏟아내는 고답적인 성인과는 달리, 완전히 따스운 인간성으로, 자애의 현신인 어머니, 김 시인에게 쏟아붓는 모성애를 마주하며 또 다른 의미의 성자와 한 생애 동안 은혜로운 상봉이 이뤄졌을 터이다. 그리고 김 시인은 중등 국어 교사로서 끊임없는 언어 조련과 부단한 인격 도야로 자조自助해내는 시인다운 인품은 고매해질 수밖에 없는 당위성을 지닌다. 그리고, 이는 중요한 화두인데, 그에게는 불성佛性을 지향하는 심리心理가 완연하다. 불성에 연원한 시선이 자연을 응시함에 있어서 불성의 아우라를 띠지 않을 수 없다. 그래서 그의 시는 약간씩 타고르와 워즈워드와 한용운의 시풍을 영인迎引하므로 역시 조금씩은 범신적 신비주의 경향을 머금는다.

이제 그의 시 몇 편을 필자의 취향대로 뽑아서 정중히 음미하려 한다.

처음엔 무채색으로 적막으로
살아 있다고 말할 수 없는
시간을 죽이는 작업 같지요.
이를 악물어도
두 눈에 힘을 주어도 소용없어요.

차라리
아무것도 보려하지 마세요.
아무것도 꿈꾸지 말고

의미 없는 시간과
색깔 많은 공간을 잊어버리세요.

순간,
둥실 피어오르는 꽃
겹겹이 겹쳐진 꿈들이 살아날 거예요.
모든 것을 잊어버려야
찬연히 솟아오르는 세상이지요.
- 〈매직 아이〉 중에서

이 시는 보기 드물게 무게가 있는 시다. 직문트프로이드의 심층심리를 다녀 나와 쉬르리얼리즘의 색소를 입은 채, 동양의 선적禪的 메타포가 확연하게 이미지를 구축한다.

피카소의 그림을 감상하듯이, 피사체를 해체했다가 다시 퀴비즘으로 엮어낸 형상이다. 외형, 생각, 색깔, 또는 시공時空까지 뭉개고 지우고, 다시 넘나들며 진정한 '꽃-꿈-세상'에 도달한다. 참으로 우수한 시라고 감히 찬평讚評한다.

너를 찾으러
한 번도 가 본 적 없는 길 위를 더듬고 있었다.

햇살조차 날이 서
온통 머리 위로만 쏟아지던 오월의 그날
타박타박 소리만 지치게 따라오고

〈중 략〉

너를 잊어 버렸다.
찔레꽃 흐드러진 모퉁이
찔레꽃 향기만 아득했다.
　　　　　 － 〈잊어 버린 기억〉 중에서

　'나'와 '너'는 사실 둘이 아니다. 말하자면 과거의
'나'와 현재의 '나'가 시간상으로만 대칭할 뿐이다. 현
재의 나는 소중했던 과거의 나(추억)를 찾아 찔레꽃밭
에 이른다. 그러나 결국 과거의 나와 현재의 나를 통
채로 잃고 그 무허無虛의 자리에 찔레꽃 향기만 가득
하다. 찔레꽃 향기는 내가 이상理想하는 세계요, 나를
대체하는 신성물이다. 향기란 무형의, 질량이 없는 물
질이다. 존재는 생각 속에만 있었는데, 그 생각도 소
멸되고 무념 무상의 경지로 잠입한다. 다시 화려한
취각의 이미지로 환치되는 시적 구조가 범상치 않다.

붉게 빛나던 열매
허망하게 참으로 허망하게 지던 날
당신께서
세상의 밝은 빛 모두 거두신 줄 알았습니다.

〈중 략〉

당신이 머물던 자리마다
새로이 만드는 인연 참으로 분주합니다.
당신은 지금
어느 자리에 무슨 꽃으로 피어나십니까.
— 〈당신은 지금〉 중에서

　매우 쉽게 써진 시 같지만 사실은 고도의 상징성이 깃들어 있다. '당신은 꽃을 피우고, 열매를 맺게 하고, 또는 거두며, 빛까지 마음대로 운용하며, 다시 자신이 꽃으로 피어나는' 전능한 절대자이다. 당신은 사랑하는 '임'일 수도 있다. 〈한용운의 임의 침묵〉에서 그 '임'처럼 만유 존재에게 섭리를 끼치는 존재일 수도 있다. 나의 우러름과 경건성이 담겨진 존재이다. 또한 당신은 세상 어떤 인연도 만들어내는 부처이다. 스스로 윤회 전생하는 거룩한 존재이다. 하찮은 나는 절대자에게 의탁하는 구도자적 신분인 셈이다. 여기서 시적 자아는 최대한 겸양과 겸손을 부린다. 원관념은 절대로 노출되지 않아, 상징성과 신비성까지 담지된다. 경어체 문체가 이런 정서를 한껏 북돋운다.

> 봄꽃 향기 엄마품처럼 따스해
> 엄마 따라 한들한들 길을 나선 소풍날 같습니다.
>
> 가볍게 누르는 초인종 소리
> 점점 무거워지고
>
> 텅 빈 가슴에 철렁 내려앉은 고요
> 쉰 고개를 앞두고서도
>
> 엄마 모습 보이지 않으면
> 봄꽃 우르르 지는 슬픈 날입니다.
> — 〈엄마 보러 가는 길〉 중에서

엄마는 만고에 다시없는 그냥 소중하고, 존귀하고, 존경스러운 엄마이다. 봄빛 위에 꽃, 꽃 위에 향기, 향기 위에 내밀한 속살거림, 점층법의 서경적 구도에 따뜻함, 설레임, 그리움 등의 정서를 함께 등가적으로 어울리게 하다가 그 화려한 외출의 최상의 목표가 되는 '엄마와의 상봉'을 마지막에 설정한다. 엄마에 대한

구체적 설명은 한 음절도 없다. 그냥 가슴 두근거리
게 하는 성자 같은 존재이다. 엄마는 모든 선가치善價
値의 정상에 존재한다.

> 땀에 젖은 기타 줄 십 리 못 가 튕겨나고
> 마흔 넘은 아낙네 힘줄 땡겨 주저앉고
> 아리랑 고개에서 한숨을 쉰다.
> 아리랑 아리랑 아라리요.
>
> 윤도현의 아리랑은 펄쩍펄쩍 신이 나서
> 기타 줄 없이도 아리아리 넘어간다.
> 비바람 속에서도 스리스리 넘어간다.
> 잘도 잘도 넘어간다. 눈물 속으로 넘어간다.
> — 〈아리랑〉 중에서

폴발레리는 시의 형식과 내용, 말의 음과 의미의 상
등성相等性에 대해 피력했다. 시를 순수 상태에 놓으려
고 기도했으며, 음악에 대한 전조轉調와 서창조敍唱調의
문제를 시가에서 중요하게 다뤄야 한다고 했다.
　이 〈아리랑〉은 말의 음과 의미를 교묘하게 융합시
켰다. 리듬이 곡진한 의미를 보듬고 한몸으로 뒹군다.
우리나라 사람들은 슬픔과 기쁨의 정서를 한통속으로,
한 상관 속으로 묶는 기상천외한 습속이 있다. 새는

늘 노래하는데 사람들은 표현하기를 늘 운다고 한다. 물론 노래인 줄 알면서도 그리 표현한다는 뜻이다. 스스로 기뻐서 울고 슬퍼서 웃는다. 영화를 관람하면서, 매우 슬퍼했으면서도 감격스런 재미있는 영화라 평한다. 필자는 우리 민요인 〈아리랑〉은 슬픈 노래인가, 기쁜 노래인가 하고 의문을 품은 때가 있었다. 기쁠 때 부르면 더욱 기뻐지고, 슬플 때 부르면 더 슬퍼진다고 느꼈다. 그러므로 창자唱者가 부여한 희비의 의미나, 자기 신상의 경황에 따른 희비의 정서에 입각해서 그 어느 한쪽에 기울 것이라고 생각하게 되었다. 이 시에서도 신이 나서 펄쩍펄쩍 뛰면서 '한숨' '눈물 속' '비바람 속'으로 잘도잘도 넘어간다고 했다. '넘어간다.'는 말은 잘못된 상황의 종료이거나 좋은 상황의 연속을 함께 중의重義한다. 이 어처구니없는(?) 역설과 반의는 너무나 그 발상면에서 기발하다. 윤도현이란 인물은 뜨는 가수이면서도 또한 어느 세력에 배척된다고 알려진 가수로서, 이 시대에 약간은 시사성이 묻어나는 인물이어서, 이 시에 등장하면서 내밀하게 재미가 더 보태진다.

까만 고무신 가지런한 토방에

감나무 그림자 혼자서 바람에 흔들린다.
산당화 봄마다 피었다 지고
순하디 순한 딸그마니 혼자서 등에 무거운 혹 하나 키웠다.
이름보다 슬픈
시디신 산당화 열매로 외로움 삼키던 곱추
산당화 그늘 밑에서 숨죽인 울음 바르르 떨다
툭 스러진다.

흰옷에 스민 초경처럼
그 붉은 입술 아프다.
- 〈산당화 지는 날〉 중에서

이 시는 매우 우수한 작품이라고 평하고 싶다. 좋은 시의 필요충분조건을 다 갖추었다는 느낌이 든다. 딱 하나만 거슬리는 어휘를 들라면 끝 행의 '아프다'이다. 그렇게 직서적인 말밖에 다른 말을 찾지 못했을까 하고 생각해 보았다. 이 시는 박목월 시인의 〈윤사월〉을 연상시킨다. 윤사월에서는 '눈 먼 소녀'가 주인공인데, 여기서는 '곱추 소녀'가 주인공이다. 두 처녀가 동시에 태어날 필요가 없는 잉여 인간인 셈이다. 이 세상에서 이방인이며 소외자이다. 아무런 역할이 주어지지 않는다. '스스로 그러한' 채로 존재하는 아름다운 자연 가운데, 노자의 무위자연 가운데서, 단독자로서 시적 자아는 돌올하다. 그리고 이미지 전개가 탁월하다. 예컨대 '딸그마니'란 이름부터 태생적 슬픔에 휩싸인다. '신 열매'와 '혹', '곱추'의 연쇄 고리와, 외로운 존재들 '감나무 그림자', '까만 고무신', '곱추 소녀' 이 모두가 외로운 홀로이다. 고요가 진동하는 배경 속에 회화적 아름다운 서경이 무대를 경건히 구조한다. 또한 그림자와 그늘이 함께 등장하여, 움직이는 동영상의 천연색 화면이 고요한 흑백 사진으로 오버랩되는 인상이 주어진다. 화창한 봄날 마당은 은백의 색상, 토방의 댓돌도 은백의 색상, 하얀 치마, 거기에 이질적인 까만 고무신의 대비도 그렇거니와, 그 은백의 배경 위에 붉은 꽃, 붉은 초경, 붉은 입술은 시각적 대조가 너무 뛰어나다. 백색과 붉은색은 함께 '순하디순한' 순진무구한 소녀의 청순 순결성까지 읽혀지도록 조화하며 소위 이미지즘의 시 유형을 표방하는 동시에 선적禪的 동양풍의 정조에 휩싸이게 한다. '기쁨의 날'에 '슬픈 소녀'라는 역설과 아이러니가 표현상의 테크닉에 금상첨화한 도움을 준다.

　　꽃잎 열리는 동안

내 가슴 이리 뜨거운 것은
연緣이 닿아야 한 소식 들을 수 있음을
한 잎 한 잎
힘, 겹, 게, 보여주는 꽃잎 때문이다.
- 〈연연蓮緣〉 중에서

이 시는 불성佛性이 강한 시이다. 서정주의 〈국화 옆에서〉를 상기시킨다. '연꽃 피는 것으로 하여', '내 가슴 뜨거워짐'은 하나의 반향反響이다. 도는 연기緣起이다. 깊이 공감각共感覺이 서린다. 여기서도 김 시인은 구도자로서의 진정성을 여민다.

바윗돌이 돌멩이 되고
돌멩이 바스러져 십 리 모래 되기까지
얼마나 기인 기다림을 굴렸을까

파도에 씻길 때마다
십 리 밖까지 들린다는 네 울음
밟힐 때마다 사각거리는 네 슬픔

시방 발밑에서 너는 부서지고 있는데
네 울음소리 들리지 않는다.
바람 소리 파도 소리 내 그림자에 묻혀

두 눈 감아
바람도 지우고 파도도 지우고
내 그림자마저 지워

오로지 네 몸에 내 귀를
내 호흡을 맞추는 순간
네 울음 소리 비로소 들린다.

수억 년 굴러온 네 기다림
이제사 내 가슴에 들어
십 리를 벗어나서도 사각거림 멈추지 않는다.
- 〈명사십리에서〉 전문

이 시에서도 불교적 윤회도 보이고, 범신론적 정령
신앙의 한편이 들여다보인다. 바위가 돌멩이로, 돌멩이
가 모래가 되며 수억 년 키워온 '울음'을 명사십리가
터뜨린다. 모래에 시인은 감정을 이입시켜, 시의 화자
와 교감을 나눈다. 나는 정화된 청정자의 존재가 되어
이때에야 저 신비한 모래의 '울음'이 제대로 들린다. 울
음의 의미는 무엇일까. 수억 년 키워온 울음의 실체는
무엇일까. 그러나 시인은 이 물음보다 이 물음의 답보
다 '수억 년'의 기다림에 애착한다. 김 시인이 사물에
대하여 경건한 마음을 가다듬는 자세는 역시 여일하다.

당신을 마주한 시간만큼
당신과의 거리도 아득합니다.
당신의 옷자락이 닳아진 만큼
당신의 고독 위에 덧씌워진 이끼만큼
마음은 닳고, 그리움은 두터워졌습니다.
천 년 세월 무수한 소망들 피었다 지며
산과 내의 흐름조차 바꾸었지만
당신과 나 사이의 거리는
처음 그대로 200미터입니다.
이 목마름의 거리에서
당신을 닮은 모습으로 늙어갑니다. 쓸쓸히
　　　　　　－ 〈익산 고도리 석불 입상의 독백〉 중에서

　타고르가 한 말이다. '위대한 것은, 적은 것의 가운데서, 혼의 영원한 자유와 사랑 가운데서, 무한한 형태의 굴레 가운데서 나타난다.'고. 김 시인은 이끼 낀 돌 하나에서 천 년의 소망을 이끌어낸다. 오랜 세월 풍상우로 오히려 그리움은 두터워지고, 색즉시공 공즉시색色卽是空 空卽是空의 법열法說에 휩싸인다. 경건하게 부처의 깊은 법성法性에 귀의한다.

　보여 주고 싶지 않은 천지의 속내를
　그 오랜 그리움을 보여주세요. 제발

애타는 마음 더듬더듬 더듬어 대자
살풋살풋 드러내는 가슴
한없이 신비롭고 아스라한 당신의 품에서
초유를 빨아대는 생명의 몸짓

환호성으로 활갯짓으로 눈물로 범벅이 됩니다.
태곳적 신비를 담은 푸른 물속에
뜨겁게 끓어오르는 숨겨진 신화
이름이 바뀌거나 말거나
해가 뜨거나 말거나
사람이 보거나 말거나

- 〈백두산 천지에서〉 중에서

시인은 백두산 천지 앞에서 숙연해진다. 그냥 호수가 아니라 민족 신화가 생성된 위대한 성지인 천지 앞에서 경건해질 수밖에 없다. 천지는 영적 이미지를 무한히 끌어안는다. 조국의 영산이면서 백의 민족의 영표이면서 수많은 애환을 이끌고 오천 년을 펄럭이는 우리네 신령스런 신표이다. 영속한 신비는 곧 우리 민족이 부여한 상징성의 의탁에서 유래한다. 이때에 시적 담론은 다분히 서사적이거나, 서경적이거나, 서정적인 모든 질료를 쏟아부어도 어색하지 않을 것이다. 이 시는 아주 여리고 몽매한 아이 하나, 위대한 모성성의 품에 안기는 형국을 구조해냈다.

　김 시인의 시들을 대강 음미해 보았다. 그러나 그의 시에 대한 나의 자세가 도저到底했다고는 말할 수 없다. 그의 시들이 완숙完熟되었다고 이를 수는 없겠으나, 시 정신만은 치열하고, 시를 설계하며 구조해 가는 역량은 뛰어나다고 볼 수 있겠다. 그리고 필자가 김 시인에게 보내는 찬사는, 그가 자연과 인간에 대하여 경건하다는 점이다. 사소한 것들에게 영민穎敏하게 반응하는 태도도 바람직하다. 그리고 그의 정중한 인생 경영 자세도 치하를 아끼지 않는다. 더욱 시에 대하여 치열하고 더욱 몰두하기를 바라며, 부족하고 소졸疎拙한 필자의 글에 대하여 진심으로 용서를 빈다.

김월숙 시집

달에 꽃피다

인   쇄   2010년 11월   1일
발   행   2010년 11월 15일

지 은 이   김 월 숙
발 행 인   서 정 환
편 집 인   백 시 종
주   간   채 문 수
편 집 장   김 정 례
펴 낸 곳   도서출판 계간문예

출판등록   2005년 3월 9일 제300−2005−34호
주   소   서울시 종로구 익선동 30-6
            운현신화타워 207호
메   일   sina321@hanmail.net
전   화   (02) 3675−5633, (063) 275−4000

값 10,000원

ISBN 978−89−6554−011−3   03810

※ 저자와 합의하여 인지는 생략합니다.
※ 잘못된 책은 바꿔드립니다.
※ 이 시집은 전라북도 문예진흥기금을 일부 지원받았습니다.